깻잎 엽서

깻잎 엽서

김순례 시집

도서출판 명성서림

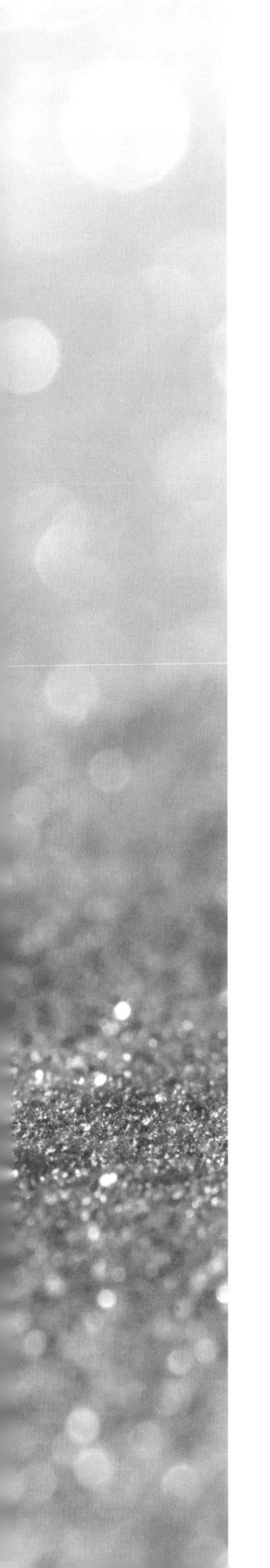

에필로그

인생의 일기 같은 글이라 세상에 알리기 부끄러워
망설이다 이제야 용기를 내어
깻잎 향기 담은 엽서를 띄웁니다
짓누르던 노년의 삶에 무게도
홀가분히 내려놓으려
흔적의 주머니 열어
노을길에 뿌려봅니다.

1부 봄

2부 여름

3부 가을

4부 겨울

5부 다시, 봄

1부

봄

어머니의 향기

눈 내리는 날이면 누룽지를 끓인다
향기 한 모금
어머니 가슴처럼 평화롭다

언제나 누룽지 향이 그윽하던 부엌
아궁이에선 고구마와 밤이 익어가고
화롯가 된장찌개 내음 맴돌던
내 유년의 뜰

굽이치는 강 헤엄쳐온 노을 깊어
강 건너 아련히 보일 듯 말 듯 어머니
금방이라도 숭늉 한 모금 주실 것 같아
보고 싶다고 사랑한다고 말해보지만

빈 부엌엔 누룽지 향기만 가득하다

세 잎 클로버

햇살 쪼개 행복 나르는 세 잎 클로버
들길에 녹색 가든 펼치고
비단 옷자락 가까이 오시라 손짓 한다

높고 낮은 지위 근심 걱정 떨치고
잔잔한 풀밭에서 행운을 외치면
세 잎이 네 잎으로 바뀌는 기적 같은
희망으로 행복이 하얗게 웃으며 들어온다

눈높이 낮추어라 파란 행복 밭이다

소박한 행복

진달래 개나리 손짓하는 언덕 아래
연둣빛 새싹 숨어 우는 묵정밭
애물단지 나무뿌리 풀뿌리 캐내고
상추 열무 호박씨를 뿌린다

보드라운 흙이 기지개를 켜고
푸른 새싹들의 꿈이 보일 때쯤
땀에 젖은 시간을 뒤로하고
하루를 접고 돌아오는 길
발자국이 자박자박 박수를 친다

먼지 묻은 마음 밭에
석양보다 더 붉은 기다림이 물든다

작은 생물하나

푸른 물감 풀어놓은 서귀포 바다
옴폭 파인 검은 바위돌이 수 없이 많다

바위 위에선 해초를 따느라 부산한 고동의 몸짓
수염을 빼고 느리게 가고 있다

삶의 틈새에서 버둥대는
고둥속으로 들어가는 게
빈집이다
쫓고 쫓기는 경쟁의 바다

작은 생명을 한줌 쥔 손이 작아지고
잔잔한 바다에 손을 펼쳐 본다

나비의 날개가 기울다

시간을 늦추어라 봉선화꽃 시들기 전에
천리길 가로막는 장대비가 억수같이 퍼부어도
망사 날개 접지 마라

길 떠나기 전에 날개 펴고
꽃물결 위에서 공중곡예 한번 하고
노을이 익을 무렵 그때는 나래 접어라

서두르지 마라
어쩌려고 흰 옷으로 단장하느냐
진정 때가 되었느냐
기어이 국화꽃 아름 안고 길 떠나려느냐

잡은 손 놓으려고 날개 펴느냐

나비의 탈

한생을 반으로 접어 흐르는 물 위를 탈 쓰고 난다
꽃바람에 휘말려 손으로 하늘 가리고 광대 춤추며
가슴속에 꽃무늬 새겨 꺼냈다 묻었다 안개 늪에 빠져

시들어가는 반쪽 가슴에 못 박고
태연하게 가면설로
노을이 저물 때까지 행복 탑 지키자 한다

나비의 내면에 숨은 주홍 필름 확인 하던 순간
가슴 흔들리는 반쪽
탈을 벗겨 세탁하려 애써보다
얼룩진 나비의 탈 접어 허공에 뿌려본다

나비처럼

빛을 안고 빛을 갈망하는 사랑
세모난 잎 속에 나비 문양 펼쳐
여린 줄기에 연보라 꽃

꽃마다
서로가 같지만 서로가 다르다
한 방향을 향한
삶의 질주

저물녘엔 잎이 마술사 되어
몸 접어 성충으로 몸부림치다
나비가 된다

바람이 나비 날개에 내려앉다

나비 날개가 바람이 들었다
꽃밭에서 춤을 추며

무지개 꽃 둘레 맴돌던 나비
흐르는 물에 발 담그고
물봉선 뜰에 정착하려한다

산 그림자는 내려오는데
나비의 날개에 노을이 짙다
꽃바람에 밀려 봉선화 뜰에 드니
까만 심장이 탄다

봄밤의 공상

나비 앞장세워 청산이나 가볼까
간다하면 오라할까
누구의 허락이 필요할까
가면 아주 가야할까
앞 냇가에서 발을 씻고 멍 때리다
창공에 대고 소리쳐볼까
우주 만물 지휘하는 분이시어
꽃길 한번 걸어도 될까요

봄비

텃밭엔 시금치 쑥갓 상추
새순이 손 내밀며
요기조기 영역 다툼하고

들녘에선 파 마늘 자라
파란 잎 한들한들 실바람에 춤추고
고추 심을 밭에선 이랑 고르느라 부산하다

이랴 낄낄 소 모는 이 어디가고
딸 딸 딸 딸
경운기 소리만 요란스레 들려오는지

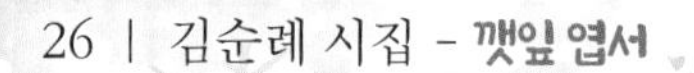

봄의 기침

빗방울이
똑
똑

빗방울이
똑 똑 똑
대지 위를 뛰며 노닐고 있다

태반 속의 생명체
젖줄을 빼어 물은 한 모금
음률처럼 스며

꿈
틀

툭
잠깬 씨앗 하나
지구를 들어 올린다

아카시아꽃

오월의 부신 빛에 굴리는 하얀 꽃 타래
태고의 괴로움으로 독침을 토해내며
순결을 지키더니

아낌없이 단 물동이 내어준다
나 없이 못 산다던 그대
바람결에 사라지고

그대 가신 자리에 녹음만이 짙어
몸져누운 아카시아꽃
올 올이 곡비처럼 쏟아져 내리네

배춧잎을 먹어야 살 수 있는

가을 가뭄에 시들한 배추들
물 달라고 아우성이다
벌컥벌컥 물 마시고 돌아서면 또 갈증이다
진종일 배추 물주다 등 휘어지고

배추 한 짐 걸머지고 학교로 간 아들
오늘은 허기진 몸으로 어머니 품에 안기어
월동 배추 달라한다
휘어진 어께로 배추 보따리 내어준다

버들강아지

분만의 몸 뒤척이다
보송한 속살 들어낸다,
부스스 눈 뜬 버들강아지

부드러운 연두 바람이
가지마다 입맞춤 한다

가슴 흔들린다,
파릇파릇

안마 의자

너는 세상에 둘도 없는 효자
세월 가고 와도
변함없이 열 살배기 막내
거르지 않고 조석으로
내 아픈 몸 주무르고 두드리고
고장난 곳 알아서 척척 치유해 주는
너의 정성이 기특해 숨 길게 들이 마시면
의자는 환한 얼굴로 물어본다
"살아온 중에서 내가 제일 맘에 들지?"
그래.
오래오래 동행하자
안마의자야

비둘기 형제

텅 빈 공간
그리움이 밀려온다
천지간에 너와 나
우린 비둘기 형제
유년 시절 우리 형제 하나처럼
장독대 뒤 복숭아나무에 걸터앉아
매미처럼 노래 불렀지
길 떠난 엄마 보고 싶어
"날 저무는 하늘엔 별이 삼형제"
목청 높여 부르던 시절
아롱아롱 무지개 필름 돌아
아우 얼굴 떠올라
외로움은 아린 가슴 파고든다

나는 술래다

아버지와 메뚜기 잡던 유년의 들길
메뚜기 찾느라 벼 폭 헤저으며
뛰어다니던 나는 술래

삼베 적삼 구릿빛 얼굴의 인자한 아버지
농주한잔 걸치면
명사십리 해당화야 꽃이 진다 서러워마라
소리 한 구절 풍류를 즐기시더니

한생의 반이 잘려 구름 속으로 숨었다
상한 가슴 구름 지난 하늘 보는

나는 영원한 술래다

공간 속에서

눈 먼 씨앗 하나가 두뇌를 흔들다
가슴속으로 들어와 선혈을 헤집으며
좁은 공간 속 자리를 잡았다

시간은 깊어 가는데 혈관을 파고드는 검은 씨앗
가슴속에 스며들어
손발이 후들후들 전신이 몽롱해진다

말갛게 걷어내려다 사라지는 물체
천지신명을 부르며 애원하며
실핏줄에 맑은 이슬 한 방울 넣어 달라고

창 너머 먼 하늘에 빌어보지만
먹구름이 별빛을 가로 막으며 달려오고 있다

같은 오늘 다른 오늘

오색등 켜놓은 것처럼
환하게 비추는 골짜기 지나
능선을 향해 한발 두발
꽃등 밝은 풍요의 계절 듬뿍 안고
만끽해 본다
세월의 무게가 내 머리위에
내려 앉았을 지언정
마음밭엔 언제나 오색등 켜 놓고
시계바늘 거꾸로든 파수꾼 되어
지는 노을도 아름답게
동행하자 손을 내밀겠지

나도 갈래

구름아
내 마음만 묻어가지 말고
몸 도 실어 가렴

바람아
내 마음 청산에 두지 말고
몸 도 청산지기 해다오

물소리 바람소리 새소리
메아리 소리
모두 어우러진 곳

꿈엔들 잊으랴
내 마음 밭

2부

여름

엄마의 자리

비 오는 날 엄마는
두 딸 손잡고 장미빛 외출을 한다
쇼핑도 하고 외식도 하고
이제 헤어질 시간이다

엄마는 손에 우산이 두 개 있다
예쁜 우산은 막내딸 주고
넓고 큰 우산은 둘째딸 주고
엄마는 우산이 없다

날개 젓은 어미 새 기뻐 빙그레 웃고
마음에 창 열고 눈으로 말한다

여름밤

한여름에 밤은
설움의 소리만 하늘 가득히 울려 퍼진다
산허리가 터져라 울부짖는
소쩍새 울음소리
논두렁 봇물이 넘쳐 흘러라 울부짖는
개구리 울음소리
죽자 살자 살 내음만 파고드는
모기떼 울음소리

한여름에 밤은
날짐승들의 눈물이 모여
풀잎에 이슬 맺어 흩날리다
뚝 뚝 뚝
대지를 적신다

유월의 산길

풋풋한 향에 매료되어
살며시 손 내민 연초록 잎들과 악수를 하면
뜬구름이라도 딸 듯 발돋움 치는 나무들

풀물에 젖어 헤매던
숲속에 숨은 유년의 흔적 되살아나

어깨위에 하얀 날개 달고
솜털같이 가벼운 가슴으로 산을 오르며
메아리가 합창하는 동요 노래 불러본다

도심 속 송충이

햇빛 쏟아지는 여름
바람이 온몸을 흔든다
도심 속의 그림을 이고
달구어진 타르 위를 맨몸으로 구른다

길 건너 우뚝 솟은 네모난 집들
길 밑을 흐르는 짙은 하수
검은 연기 날리며 쏜살같이 달리는 차들

숨이 막힌다
쳐다보는 이 아무도 없다
허기져 눕는다
먼 산 달콤한 솔향기
전신으로 스며온다

초롱꽃

저고리 앞섬 봉긋해진 초롱 아가씨
꺾일 듯 휘어진 허리 가누어
맵고 짜고 쓴맛 타 마신
넉넉한 어머니 상처럼
속세 인연 잊으려는지
다소곳이 등 밝혀 주는 너
너는 내 꽃밭에 주인이며 하녀

옥잠화

파란 손 흔들며 활짝 웃던
친구의 시계바늘이 걸어온다
상자 속에 잠든 시계를 꺼내 테잎을 돌린다
오월의 화창한 옥잠화 꽃밭에서
친구랑 술래잡기하던 필름이 돌아간다

강산이 변하기 전 어느 날
내 꽃밭에 옥잠화 심어준 친구
그렁한 눈으로 손가락 걸고
이제 다 내려놓고 푸르고 희게 살자며
서산 노을 꽃이 더 아름답다 하더니

오늘은 홀로 꽃밭에 앉아
넓고 파란 옥잠화 잎 쓸어안으며
활짝 웃는 꽃잎에 볼 부벼본다
꽃구름 떠 있는 하늘 보며

칠월

솔향도 익어가는 칠월은
터질까 말까 산딸기 한줌 따서
입술 붉어지도록 물들여 보자
솔향도 익어가는 칠월은
갈잎 모자 머리에 쓰고
손에 손잡고 냇가로 멱감으러 가는
단순한 삶이 행복인 아이들
들뚝에 매어놓은 송아지도 발등이 뜨거워
콧등에 땀방울이 송글송글
아이 뒤 따라 가겠노라
덩달아 이리뛰고 저리뛰고

오늘밤

그물에 갇힌 물고기
몸부림친다

검은 바다
밀려오는 파고는 사납게 흔들고
가냘픈 맥박이
삶의 꼬리를 물고 팔딱 거린다

오늘밤
먹물 잠긴 빗장이 풀라면
겹겹이 덮인 망 헤집고 나와
푸른 물결 위를 달려 보리라

큰 나무와 작은 나무

빛과 물 흙으로 조화된 뿌리 늘려
잎 돋아 내더니
우뚝 선 나무들

형의 그늘에 가리어 공부도 의식주도
두 번째가 되었다고 불평하는 동생

묵묵히 제 할 일 하며 추우면 옷 벗어주고
더우면 그늘로 동생 감싸주던 형

햇살 따가운 날
제 그림자 발견한 작은 나무
그늘이 작아 풀잎이 시들할 때

그제야 눈을 들어
형을 우러러보는 푸른 물결

수영장의 하루

수영복 입고 모자 쓰고 수경을 끼니
모두가 왕눈이 개구리다

고향도 나이도 학벌도 지위도 잊은
금개구리 청개구리 줄무늬 먹 개구리
왁자하게 떠들며 웃음꽃 피우고

살이 통통한 개구리들 풍덩풍덩 물장구치고
날씬한 개구리들 물개처럼 재주를 부리고
그도 저도 아닌 개구리들 개굴개굴 개굴

물 만난 세상의 그들은
올챙이 허물 벗은
행복을 만끽하는 개구리

풍경

초평 호수가 위에서 하늘하늘 춤추며 활짝 웃는 꽃
낮별이 쏟아진 듯 부시다
봄에 향연을 눈으로 마시고
가슴으로 만끽하니 만사가 평온하구나
손을 펴면 잡힐 듯한
소수 위에 떠 있는 수채화 한 폭
물 위를 노 저어 가는 쪽배
원두막 같은 작은 집들
낮별 쌓아놓은 섬 아닌 섬
누구의 그림인들 이만할 수 있으랴
사월을 꽉 쥐고 싶다

살아 있다고 하기엔

호스피스 병실에 누워 버둥거리는 남자
명주실 같은 줄 하나 잡고 운명을 서성이다
시계탑을 세웠다 부스고 다시 세움을 씨름하다
천천히 세월의 흔적을 풀어놓으려다 그만

현기증이나 세상만사 다 잊으려는 순간
가슴속에서 늦가을 나뭇잎 한 장이 파르르 떨기에
연의 끈이 살아 있다고 용기를 주는 울림인가 하고

무거운 세포의 조직이 짓누를지라도 밀어내자 맹세하는데
별빛이 초조한 가슴 틈새로 들어와 팔다리에 힘을 돋아주어
한 줄기 희망이 꿈틀

세월

아무도 보지 못하였는데
아무런 소리 못 들었는데
세월이란 놈이 지나가 버렸다
얼굴에 큰길 작은길 만들어 놓고
손발에 갈래 갈래 고랑 만들고
내 머리에 하얀 눈꽃 수 놓고
허 허
세월이란 놈
참 고얀 놈일세
내 허락 없이 이길 저길 제 멋대로
저승길까지 가까이 이어 놓았네

비 오는 날

빛 항아리 뚜껑 닫아버린 까닭은
무슨 사연 인가요

시간이 흐를수록 당신 눈물 더해
초목들이 죄인처럼
고개 들지 못하네요

푸른 심장이 목구멍까지 차오니
먹물 잠긴 뚜껑 열어
환히 웃게 해주오

갈망하는 두 손 모아 기도 하오니
밝은 빛내려 주름진 얼굴
환히 웃겨 주오

내 마음

내 마음 가을 하늘이라면
무엇과도 바꾸지 못 하리

내 마음 붉게 타는 단풍이라면
찬 향기가 두 뺨을 내리쳐도

한 점 후회 없이
노을 속에 잠들련만

속 빈 우렁이

제살 점여 새끼에게 바친 우렁이는
빈 껍질만 물 위에 둥둥 떠 있구나
가엾은 우렁이 생
네 목숨 새끼에게 바치니 알아주더냐
그러면 무엇하랴
죽어 껍질뿐인 네가
흙속의 삶이 싫어
하늘 구경 맘껏 하겠다고
그러면 무엇하랴
죽어 껍질뿐인 네가
삿대 잃은 쪽배 되어 이리 출렁 저리 덩실
마지막 춤이나 한판 춰 본다고
그러면 무엇하랴
죽어 껍질뿐인 네가

길 잃은 고양이

날 세운 눈 손과 발 무디어지던 날
삶의 계단을 오르내리다
생선가게 빈 상자만 핥아 본다
오장 육부 찌르는 역겨운 냄새
검은 비닐봉지만 허공에 뜬다

불빛 찬란한 도시에 밤
이슬에 젖어 촉촉한 몸
주민번호 없으니 어디로 가야하나
가로등 그림자 아래 서성이는
누렇게 찌든 고양이

비틀비틀
처마 밑에 들어 숨 고르고
나뭇가지 손으로 수도꼭지 틀어
마른 논에 물들어가듯 물배 채운다

움푹 파인 눈으로 하늘을 보며

나에게

검은 파고가 가슴을 후비고 들어온다
전신이 조각조각 물거품에 휘말려
허공에 대고 큰 소리 토해내 본다

참나무야 너는
몇천 번이나 참아야 내 손 잡아 줄 수 있으랴
송두리째 흔들리는 세상

유리 조각 흩어진 듯 서슬이 퍼런
내 안의 모든 것들 한 점 남김없이
하얗게 소멸시켜 줄 수 있다면

그녀의 손끝에선 하얀 연기

먼 바다를 오가는 이방인
밥그릇 채우기 바빠 손짓 눈빛으로 힘겹게 언어의 문턱 넘어
쌀밥에 보리같이 엉켜 만신창이 되어도 오뚝이로 일어선다

기계소리 요란한 일터는 밤낮 가리지 않고 일한 만큼
통장이 부자다 전신이 무너져 내릴 때 담배 연기 속에서
향수를 달래며 통장만 폈다 접고 다시 일에 열중이다

무쇠라도 당해내지 못할 그녀는 날이 갈수록 철인이 되어간다
그녀의 가슴 흔들어 불타는 담배 연기 한 모금
서쪽 하늘 향해 토해낸다

기울어진 시계바늘 바로 세우고

파란 달력을 안고 서있는 해바라기
태양이 주신 선물 듬뿍 받아
봉긋한 가슴 핑크빛 웃음 짖고

노란 금동이 대대로 이어받아 이고
수줍은 새색시 인양
고개 숙인다

누구라도 내 가까이 오시면
기울어진 시곗바늘 바로 세우고
시간의 흐름 속에서
편안하게 숫자 놀이 하리라

3부

가을

깻잎 엽서

들밭에서 바구니 한가득 깻잎을 따서
아가의 손 씻기듯 씻어 채반에 펼쳐 놓았다
보송하게 물기 말리고,
노랑 빨강 색실로 사랑의 엽서를 쓴다
달콤하고 고소한 양념 갈피마다 숙성되면
세상에서 하나뿐인 맛 좋은 깻잎 김치와 깻잎 피클
엄마는 두근대는 가슴으로 서둘러 배달한다

녹색엽서 받아본 그들
마음 밭이 풍요로이 훈훈해진다

그리운 나의 벗에게

나무들은 알몸으로 시린 잠을 자고
갈잎은 부서져 제 몸 아파 울고
풀잎은 누워 슬픈 잠을 잔다

친구여
못다한 우정 못다한 사랑 못다한 꿈 어이하라고
너만이 추운 그곳에 잠들었느냐
먼 하늘만 바라보는 이 가슴 아려온다

찬바람이 능선을 타고 내려와 품에 스며든다
그립다
보고 싶다

너와 손잡고 속삭이며 거닐던 등산길
오늘은 텅빈 가슴이 외로움을 재촉하는구나

왜 사느냐

왜 사느냐고 묻기에
하늘 한번 쳐다봤지요
무슨 생각하오 하기에
그냥 고개 숙이고 땅만 보고

이렇게 말했어요
지금 내 발아래 기어서 가는 개미도
순리에 따르거늘
어찌 인간이 그 뜻을 거역하리

또 물으신다면
하늘이 나를 버리지 않으니
땅에서 살고 지리라

세월이 나를 안고 돌아가기에
멈출 수 없다 하리

가을 새

하얀 갈대숲 헤치고 나폴 나폴
새때가 모여 든다 시린 향 품에 안고
고운 옷 그리워 오색 단풍 속에 퐁당 빠져
숨바꼭질 놀이 바쁘다
빙글 빙글 돌다 숨고 찾고
그도 싫증 나면 쪽빛 하늘에
수를 놓고 비행 연습 한다

가을바람

바람은 마술사
고추잠자리 한 마리 빨갛게 옷을 입힌다

모형비행기 같이
고추잠자리를
망사날개로 날리고 있다

타는 볕 속에서
묘기를 끝낸 바람
콩잎을 가르며 사라진다

가을풍경

산기슭에도 골짜기에도
안개가 자욱하다 사라지면
온 세상이 붉은 물이 넘쳐나고
누가 불을 때는지
이른 아침부터 시냇가에서는
모락모락 하얀 연기가 오르고
산속에 숨은 햇님이 한발 걸어 나오면
빨간 단풍이 기지개를 펴는 순간
순식간에 시냇물이 청청해진다
물속에는 누구의 붓 끗인지
오색찬란한 화폭이 펼쳐 있다

낙엽

곱게 단장 하고 여행을 떠나려다
가을 물을 마셔 봅니다

갈바람이 노닐다 능선에 홀로 취해
지난날의 푸른 꿈을 그리며
물 한 모금 더 마셔 봅니다

쥐고 있던 것 다 내려놓고
가벼운 가슴으로
서리꽃 열차 여행 떠납니다

이별

사나운 비가 내리던 날
노란 옷 차림으로
먼 여행을 떠나는 그대를

보내야 하는 계절의 시간
아파 우는 은행나무
다시 만날 그날도 기약 없이

시린 가슴 허공에 뿌리고
작별 인사로 노란 손 흔들며
가야만 하는 그 길

소쩍새

초여름 밤이 다 닳도록 울어
강물이 되어 흐르고

끝도 시작도 얽힌 세상
뉘라서 푸른 쟁반위에 고봉 밥 올려놓을 까

허기진 배 쥐고
어둠 속을 헤매는 소쩍새

산허리가 터져라 소리쳐도
대답은 메아리 뿐

은행잎

은행잎 수북히 쌓인 은행나무길 들어서니
마음이 가난한 사람 치유되는
금 방석이 깔려 있다

누구나 조금은 욕심이 있어도 탈이 없다
그냥 부시게 아름다운 은행잎이다
돈을 세어보듯 은행잎을 세어보며
탑을 쌓아 보자 더 높이 쌓아 보자

돈놀이에 빠져 숫자를 잃을지라도
금 방석 위에 앉아 은행잎 세며
이대로 시간이 정지된다 해도 나는 기쁘다

자두나무

계절을 잊을 수 없어 때맞춰 꽃피고 열매 맺는 너
내 키를 훌쩍 올라섰다
가지마다 올망졸망 비바람 품고 자라니
가슴 벅차다

묘목 마당가에 심어놓고
거름 뿌리고 물주고 애지중지 기른 보람
풍성한 열매 곱게 익어 풍요롭다

홀연히 먼 길 떠난 친구 생각 그립기도 하다
소리죽여 내리는 빗물은
자두나무 머리 감겨주고 팔다리 씻겨주니
세월의 굴레 속에서 붉게 익어 수줍은 자태

오늘

유모차 친구와 동행을 한다
시린 가슴으로 체념과 외로움을 비벼가며
한 가닥 남은 숨의 끈을 놓을 수 없어
삶의 무대에서 시간을 낚는다
버려진 담배꽁초 주워 부탁한다
다시는 돌아오지 말라고
찢기고 차이는 휴지 조각 모아 위로한다
다음생엔 한지로 태어나라고
하루가 저무는 오늘
내일을 약속하는 석양이 빛을 잃어간다

깨진 그릇

어머니의 손맛이 숨 쉬고 있다
달고 맵고 짠 맛이 어우러진 항아리에서
세월의 무게를 거머쥔
갈래 길이 보여 아리다
이제 그만 보내야지 하고
속 비워 편히 가라며 씻어 보았다
입 쩍 벌리고 원망의 눈으로 나를 보는 너
눈시울이 아려 구름 속에 숨은 어머니 모습
가슴에 스미는 그리움
그리움의 끈을 쥐고 맴도는
금간 항아리의 상처 틈새를 치료하고 흔적마저
너와 함께 하고파
숙성된 고추장 항아리 쓰다듬으며
먼 하늘만 바라보고 있다

거울 자화상

거울 속에는 낯선 그림이 그려진다
세월 지난 길이
익어가는 노을 위에 갈래길 보이네
페인트통을 꺼내 애써 지워 보지만
보이지 않는 바람 지난 뒤
잎새 떨어짐 같구나
그 곱던 맵시는 절구통이 되어있고
삼백육십오일 물만 먹은 풍선 같구나
거울 속에 낯선 그림이
이제는 인정하라 비웃는다
다 들 그렇게 늙어간다고

색동 기왓장을 쌓아 올린 가을 산

안개 김이 시야를 가리어 손등으로 눈을 부비면
누구인지 순식간에 색조의 실타래를 물고
능선을 올랐다 사라진다

무엇에 홀린 듯이 올려다보니
색동 기왓장을 쌓아 놓은
신비의 탑이 세상에서 가장 고운
화폭이 되어 있다

하늘 아래 첫 동네로 내려온 바람이
노을을 몰고 굿판을 벌리다
구름같이 모여든 행인들

저마다 고운 잎 가슴 깊이 간직하고
가파른 산길을
말간 마음으로 가고 오고

왜 웃으시오

눈을 감고 조용히 말해요
지금 나는 자연과 함께 놀며
시냇물과 재잘재잘 이야기 하고
꽃들과 함께 함박웃음 터트리고
새들과 같이 고운 노래하고
나비들과 어울려 사뿐히 춤을 추니
세상 모두가 나의 친구들
내 안에 친구가 친구 안에 내가 있으니
그냥 웃을래요

참나무 한 그루 껴안고

산 향기에 취해
두 눈감고
오르막 내리막길
가시덤블 속을 뚫고 나온다

바람에 흔들리는 가슴으로
참나무 한 그루 껴안고
오가지도 못 하다

구름 가는 하늘을 바라보며
붉게 타는 노을 속에서
허깨비만 웃고 운다

퇴색된 유모차

빛바랜 유모차를 끌고 가는 노인이 있다
전신은 골다공증이 들어 다리를 절며
헐렁한 바지에 얼룩진 옥색 고무신
앞만 보고 가는 노인의 유모차 속엔
올망졸망 비닐봉지가 들어 있다

마을회관을 들어선 팔순의 노인
친구들과 이야기 꽃피우고 숫자놀이 즐기느라
시간이 거꾸로 흐른다

유모차가 흔들린다
세월의 무게에 젖은 나뭇잎 밟으며 걷는다

팥 이랑에 불청객

잎과 대공 세워 놓은 이랑엔
파란 물감을 풀어 놓은 듯 신비스럽다
얼마쯤이면 꽃도 피어 팥 알갱이 붉어지겠지
생각만 해도 수확의 그림이 펼쳐있다

실바람 마시고 찬 이슬로 세수하고
알갱이 늘려가며 오손도손
평화로운 팥이랑
간밤에 누가 침입한 흔적
이랑마다 싹둑 싹둑 가위질 해 놓았다

누구의 소행인지 지켜보는데
고라니 부부 식사 끝내고 술래잡기 놀이 하다
산을 향해 달아나는 모습
그래 누가 주인이고 누가 객이란 말이더냐
자연 앞에선 나도 객이다

가을바람 노닐다간 이랑에서
못난이 팥을 수확해
감사한 마음 나누려고 팥죽 솥에 불을 지핀다

편지

가지마다 연녹의 잎들 돋아내더니
잔잔한 망울들이 눈 뜨고 있다

보라빛 보석처럼 부신 얼굴에
향수보다 진한 향기
짙게 칠하고

사월을 놓아주지 않는
라일락 꽃

그대 그리다 여윈 손으로
사랑 편지 쓴다

4부

겨울

새해 첫날

하늘에서 하얀 종이 조각이 내려와
켜켜이 쌓여 대지를 덮었다
백지 위에 그림을 그려볼까
매마른 가지 위에 탐스러운 꽃송이 달아보고
길 끝에 숨은 들꽃 송이송이 붙이고
하얀 마음 하얀 세상
부시게도 아름답다 박수치는 순간
시샘하던 자동차들 행렬이
먹물 뿌리고 달아난다
싸리비로 한 장 한 장 걷어내자
텅 빈 마음 희석시켜 종이위에 다시
소복히 채워 놓으니
그 집앞에 노을꽃이 피어난다

첫 눈이 오면(꿈길)

천사들이 날개짓 하며
사뿐이 내려온다
나뭇가지에 피어나는 눈꽃송이들
신기루를 본 것처럼 도취해 밖으로 나왔다
시계 바늘이 유년의 세계로 들어간다

친구들이랑 눈싸움하고 눈사람 만들고
숨은 시간 속에서 눈놀이에 빠져
해질녘에야 집에 들어와
언 손발 녹이며
눈사람이 되었던 먼 그날의
화폭을 펼쳐본다

눈 내리는 밤

창밖에 눈 내린다

따뜻한 녹차 한 잔의 평화
한 모금의 푸른 잎 향기
누가 눈 내리는 밤을 깊은 고독의 행렬이라 했는지

빈 나뭇가지에 하얗게 피어나는 눈꽃이
바람 타고 하늘하늘 춤사위 벌리면
고독도 사치다

오늘밤 설경에 취한 가슴 흔들

눈

소리 없이 온 산야를 솜이불로 덮었다
동장군의 서슬이 퍼렇다
코로나가 입을 막아 대화의 빗장을 걸어
소통이 둔해지더니
오늘은 눈이 쌓여 발길 마저 막는구나
내 눈망울은 아직 살아
하늘 향해 맺힌 설움 토해본다
어찌 합니까
어찌하면 대지의 꽃을 피워
한바탕 웃을 수 있을까
해는 중천에 떠 쌓인 눈을 녹이는데
검은 물체의 씨앗은 녹일 수 없는지
마음 밭에 쌓인 참을 인자는
자리다툼하는데

눈꽃

하얀 매화꽃잎을 뿌려놓은 듯 부시다
나만의 길을 내며 걸어본다
머리위에 하얀 꽃이 피고
옷자락에도 눈꽃 무늬 아름답다
맘 설레다 뭉클해진다
먼 그날
하얀 면사포 위에 고운 꽃 얹고
주부라는 명함 가슴에 달고
웃음 반 눈물 반 마음 밭에 뿌리며
가족의 굴레 맴돌다 뒤돌아보니
어느새 물결 따라 흘러가고
노을빛에 젖은 허수아비처럼
구름 지난 하늘 본다

석양

석양빛이 너무 짙네
아마도 오늘은 저 산자락은 다 태우겠네
스산하게 불어오는 바람이 산허리 맴도니
어이할까 어이할까
숲아 숲아 푸른 숲아
붉게 타는 서산마루 가로막아다오
오월에 푸른 하늘은
가는 님 넘겨보는 거울이오
황혼길 불살은 장본인이오
석양아
누구 허락받고 온 산을 다 태우더냐

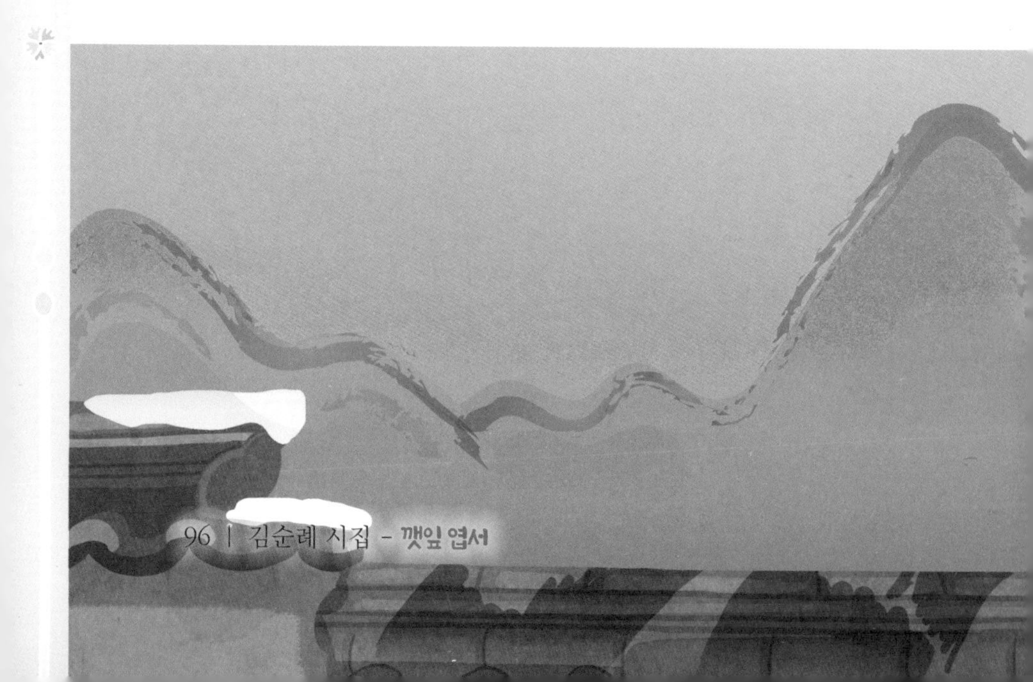

겨울 까치

열매도 잎도 다 떨어진 나뭇가지에 앉아
산허리가 터져라 오열하는 너
운다 한들 날개 펴고 날아간 새끼들
시린 바람 막아 줄 수 있나
먼 길 떠난 친구 돌아올 수 있나
그냥 나무들이 기침할 때까지 침묵 하여라
호시절 물결 따라 흘렀지만
명년 춘삼월이면 잎 돋고 꽃 피겠지
언 몸 녹이는 소리 냇가에서 들려오겠지
그땐 깃을 곱게 단장하고 무리에 어울려
목청 다듬어 산야를 자유로이 날거라
깍깍 깍 기쁜 소식 전하는 노래 불러라

교실

담 넘어 뜰에선 꿈나무 들이
풋풋한 향기가 스며들고
고운 음악소리도 울려
지긋이 눈감고 시간을 거꾸로 돌려 본다
무성한 공간 속이다
친구들과 합창을 따라 해 본다
나에 살던 고향은 꽃피는 산골
친구들의 웃음소리가 까르르 하여
심호흡을 한번 하니
초침은 똑바로 돌고
나는 칠학년 사반의 교실로 돌아왔다
강산이 일곱 번 변한 필름 위에
색칠을 해 본다

굴레

이제 굴레 속 벗어나고 싶다
다람쥐 쳇바퀴 같이 돌고 돌며
어제도 오늘도 멈추지 못하는 길

파란 하늘 한 뼘 그려놓고
검붉은 땅 한 뼘 그려놓고
비좁은 공간 속에서

이제는 빗장 열고 걸어 나가야겠다
가다 지쳐 쓰러진 눈꽃 될지라도
푸른 벌판을 달리고 싶다

농부의 짐

무거운 짐도 냄새나는 짐도
넙죽 받아 이고
들녘으로 달려간다

뜨거운 볕도 불사르고
온종일 발바닥 해지도록 마라톤 선수다
경쟁자도 없는 들 밭에서

봄가을 내내 땀에 젖어 일만 하다가
시린 바람 품에 들어
너덜너덜 해진 몸 주체 할 수 없어
어깨 위에 짐 내려놓고 주저앉는다

세월 비켜서지 못해
불화살 맞은 창호지처럼
노을빛에 흔들리는 백발의 남자

느티나무

앞마당에 뿌리 내린 느티나무
봄가을 없이 모진 풍파 감내하여
세월의 굴레 속에
열두 번이나 굴리고 불려서

지붕을 가리고 뜰을 가리는 너
청록의 우산 아래 있노라면
자연인이 되어 너와 사랑을 나누며
너와 함께 있어 행복하다

너를 바라보는 내 마음 넉넉해지고
속세 인연 내려놓고 너를 닮아가고 싶다
발아래 기어가는 개미마저도
너와 상부상조하며 세월을 나누고 있구나

늪

늪 속에 빠진 너
헤매지 말고 헤엄쳐 나와라
물줄기 찾는 너
수면위에 떴으나 길이 멀구나

바라보기 힘겨워 보탬 더 하려 해도
쪽배 하나 없으니
아린 가슴에 실오라기 뽑아
던져본다

내 손목 칭칭 감고 나와
새순 돋는 나무처럼 고통 감내하고
태양을 향해 헤엄쳐라

겨울밤의 고독

칼바람이 어둠을 실어다 풀어 놓았다
집안 구석구석 사람의 온기 사라져
허전하고 시려옴 깊어간다

창문마다 빗장을 걸었다
홀로라는 외로움의 공간
혼미한 두뇌는 탈출구를 향해 달리려 한다

밤은 점점 깊어 가는데
빛 잃은 외톨이 검은 파도를 타고
얽힌 설움의 꼬리 깊어

꽉 막힌 가슴 터질 것 같아
답답한 세상만사
창문 밖으로 던지고 싶다

강 건너 그대에게

푸르기만 하던 나무
세월의 무게 이겨내지 못하고
고목으로
조화 한 아름 하늘 공원 문지기 세우고
기약도 없이 깊은 잠만 자느냐
혼백을 넘나드는 터널 있다면
소식 한자 전하지
기린 목으로 강 건너 바라보다
기울어진 세월추만 붙잡고
산도 설고 물도 설은 이곳에서
갈바람에 나르는 낙엽을 벗하여
울지도 못하고 헛웃음 짓는
은빛 여인
노을 지는 강가만 서성인다,

가시나무

나를 심어준 이 누구이며
길러 준 이 누구란 말인가

온몸에 푸른 독물이 넘쳐
주체 할 수 없어
팔다리를 아프게 찌르고

봄가을 없이 꽃이 피고 져도
악의 씨앗이 목구멍까지 차
하늘만 아득하다

어찌하지 못해 허공에다 외쳐본다
거기 누구 없나 거기
누구라도 나를 시냇물에 띄워 해독시켜주오

겨울 새

눈길 날던 새
가슴 시려 움추린 날개
빈 둥지속에 내려놓고
봄꿈을 꾸워본다
작은 가슴 조여오는 밤
둥지떠난 자식 생각에
검은 눈만 떴다 감았다
아침을 맞는다

갈망하는 손

바람 부는 골목에 자리 깔고
두 발 나무토막에 동여매고
온전치 못한 몸 스펀지 조각에 의지해

빈 그릇 하나와 작은 확성기로
슬픈 음악 울고 또 울리는 이 남자

나뭇가지에 매달린 마지막 잎새처럼
거미줄 같은 생명 줄을 갈망하는 손
도움 주는 이 없이 강 건너 불구경이다

계절을 잊은 너

산수유 열매 빨갛게 익어
윤기 흐를 때
새들의 잔치상에 올라 풍류 노래 즐기지
무슨 미련이 남아
땅에 뿌리 못 내리는 것인지
가지 끝에 매달려 버티어 본들
오가는 세월 외면 할 수 없으련만
거울도 없는 너
쭈글쭈글 퇴색되어가는 네 모습 볼 수 있겠나

그냥 가슴 비우고
오는 봄
노오란 산수유 꽃 피워
오가는 행인들 가슴이나 흔들지

종착역

멀리서 기적소리가 들린다
째각 째각 벽시계 소리도 부추긴다
시간의 흐름이 아쉬워 운다
가슴을 조이며 손목을 끌어 올리는 느낌
아직 감사 기도는 중간이건만
가야 할 길 가야 한다고
재촉하는 그 님 목소리
귀를 막고 눈을 지그시 감는다
조금만 더 조금만 더
때가 되면 동행하리다
내 마음 순백이 짙을 때 뒤돌아보지 않고
느리게 종착역에 닿게 해 주면
솜털같이 가벼운 마음으로
빛바랜 마지막 탑승권을 넘겨주리오

깨어나라

워낭같이 작은 종이 운다
땡그랑 땡그랑 땡땡땡

의미 모르고 흔들기만 하는 무딘 감각
지인들이 보고 웃는다
나도 덩달아 웃었다
웃은 입 부끄러워 그렁한 눈

손에 쥐고 모르는
몽롱한 돌 머리
바늘구멍이라도 기어들 듯 작아진다

강산이 여덟번 변해도
빈 그릇에 빈 숫자 채울 수 없어
현기증이 난다

종아
울어라
내 안에 붓끝이 기침 할 수 있도록
땡그랑 땡그랑 땡땡땡

5부

다시, 봄

꽃 잔디

붉은 물 뿌려놓은 듯 아름다운 꽃
사랑을 담뿍 안은 그대
봄가을 내내
웃다가 사랑하다 사랑을 갈망하다 또 웃기만 하며
서리 내리고 첫눈 오면
키다리 친구들 비단옷 벗고 내년을 기약하며 떠나면
꽃 잔디 홀로 꽃밭을 지키다
붉은 손으로 계절의 시간을 거꾸로 돌리며
연분홍 꽃 한 땀 수놓고 내년을 기다린다

꽃밭에서

연녹색 치맛자락 살짝 걷어 올리고
하얀 속살 드러내며 웃는 꽃

고이 간직한 향수 주머니
꽃밭에 풀어 놓았다

그대 고운 향기에 흠뻑 취해
나는
나는 한 마리 나비가 된다

길

광명천지 밝은 세상
어찌 눈 감고 귀 막고 입 막고
억만번 얽힌 원수와 연을 맺어
전생에 풀지 못한 실타래 이승에 끌고 와
수없이 부딪히고 찢기고 밟히고 할퀴고
길이 아니면 가지나 말지
돌아갈 길도 지름길도 많았건만
어찌 험한 가시밭길을 택했을까
가다 지쳐 뒤돌아보니
맺힌 발자국이 발등 찍어 후회하네
어이할까 때는 늦었으니
모두가 길 아닌 곳을 돌고 돌았으니
날아가는 물새에게 산새에게
내 길 밝혀달라 토해나 볼까
한걸음 남은 인생 자유 찾아
날수 있게 해 달라고

섣달그믐 밤

오늘밤은 검기도 길기도 하다
두뇌를 헤집고 들어오는 추억들
여우꼬리 같다

섣달의 그믐밤은
별들도 잠들고 달님도 쉬는 날인가 보다
반백을 넘어온 세월 아득하여 접고 접어
창공에 날리고 싶다

오늘밤은
어두운 터널 벗어나지 못해
꿈에서도 길 헤매는 밤

관광 가는 날

아이들이 소풍 가는 날처럼 들뜬 맘
시골 아낙네들 오랜만에 동심으로 돌아왔다
마음싣고 노래싣고 달리는 차안에서
어릿광대 놀이 하며 세월이 거꾸로다
어제도 내일도 잊은 듯
사월의 벚꽃처럼 활짝 웃으며
나비처럼 산천구경 마음 놓고 해보자
해가가고 달이가도 오늘 같은 날 없으니
어화 둥둥 어화 둥둥

거짓말

남자가 휘청휘청 현관을 들어서며
발음이 정확하지 않은 음성으로
딱 한잔 했어 친구들 유혹에 뿌리치지 못해서
내일부터는 술잔에 입도 안대 미안

아내에게 맹세하고
다음날 아침
속이 쓰려 구겨진 얼굴로 당을 잰다
근심스러운 듯 잡곡밥 먹고 당약 섭취

삶의 질을 높이려는 듯 단정한 차림으로 출근 한다
임무 충실히 끝내고
금주라는 맹세 입속으로 실행
친구들의 유혹에 또 1차 2차
유행가 가락까지 타 마시고

흔들리는 몸 기름 다한 호롱불 눈으로 운전대 잡고
출렁거리는 도로를 질주하다
집 차고에 흠집을 냈다
뿌지직 쿵
아내의 간이 콩알만 한데
남자가 씩 웃으며 나 차 똑바로 세웠지

대추나무

무슨 말이라도 시원히 털어 놓아라
봄가을 없이 침묵만 하면 뉘라서 너의 고뇌 알까
삭풍으로 팔다리 서걱거리면 마음 드러낼 수 있을까

고왔던 네 열매들 알알이 떨어지면 알몸 들어내
체내에 피어난 검버섯이 무늬를 새기면 그제야
조금은 고통의 시간이 흘렀다 말할까

천년만년 푸르게만 살 듯 우쭐거리며
가을옷이 더 곱다 하며 노익장을 과시하던 너

대추나무야
어찌 말없이 서리꽃 이고 설산으로 향하느냐

풀꽃

봄바람에 실려 오던 생명의 씨앗
들길에 내려와 작은 기침으로 그대를 부르면
난쟁이 키다리 홀쭉이 뚱뚱이

별들의 고향에서 풀어놓은 색조의 실타래
입 안 가득 담아 풀 대공 세운다

이웃고 부풀어 오르는
무지갯빛 꽃망울

둥굴레 차

둥굴레 차 끓이는 날이면
구수한 향기
고향의 냄새인 듯 찻잔을 들고 먼 산을 본다

잎과 줄기 시들어도 모진 풍파 딛고
언 몸으로 거미줄 엮듯
얼기설기 실뿌리 엮어 영토 늘리는 둥굴레

어머니께서 역경 속에서도
고뇌의 굽이를 넘을 때 끼니로 차로
자식들에게 먹이던 둥굴레

어머니 이마의 주름 고랑과도 같이
찌고 말리고의 반복되는 시간이 흘러야만
만인의 가슴을 훈훈하고 향기롭게 하는
둥굴레 차

뒤안길

길이 멀다 탓했거늘

예 다 와 서있구나

굽이굽이 고갯길 힘겹다 탄식 했거늘

뒤 한번 돌아보니

어느새 내 자식이 뒤를 따라오고

앞만 보고 달려온 서리 맞은 머리카락은

한 세대의 흐름을 말해주고

수레바퀴 돌 듯 돌아가는 자연의 순리는

꿈결인 양 생시의 두뇌를 흔들고

들녘에 서면

밭이랑을 들어섰다
흙 버무리로 밭일하시던
어머니의 장갑이 해 그림자 속에 아른거려
허물이 벗겨지는 듯 아리다

노을 지는 들녘의 귀퉁이에
흙이 덕지덕지한 장갑 내려놓은 어머니
눈빛이 흐려진다.
물에 씻고 또 씻어 밭둑에 눕혀놓는다

오늘밤은
풀 벌레 벗하여 어머니별 헤아려 본다

마늘

배추 뽑은 밭에 한 몸으로 뭉쳤던 마늘 가족
억지로 나누어 분가시키던 날
가을의 끝자락에 시린 바람 불고
찬서리 발톱을 세우기에
헌 이불 들고 밭이랑에 들어서니
마늘 가족 일부가
땅위로 올라와 알몸으로 시위한다
제자리로 넣어주고 도닥이며 이불 덮어주니
그제야 마늘밭에 평화가 온다
봄이 오면 아지랑이 헤치고
연둣잎 치맛자락 팔랑이겠지

민둥산

청청하던 앞산에서
기계소리 인부소리 요란하더니
산허리 꺾어 도로가 되네
올봄에 피어날 진달래 나무
아작아작 부러트려 흙과 함께 버무리고
나이 지긋한 소나무 참나무 오리나무
장작더미 트럭에 실려 이사 가네
산이 좋아 산에 사는 산새
새로운 보금자리 찾아 길 떠나고
자연이 무너진 산자락엔
바람 소리만 요란하네

소나무

동면의 고통 견디며
발치에 쌓인 솔가루로 시린 발 데우고
눈물이 마른 송진으로
갈라진 상처와 주름 치유하고
녹빛 꿈을 꾸는 너

두발로 걷고 두 눈으로 세상 만물
좋은 점 나쁜 점 지적하는
나는 어찌

삶의 계단만 오르려고 몸부림치는지
노을은 서산마루에 걸터앉아 쉽다 하는데
소나무 그림자 밟고 서성이다
가진 것도 비운 것도 없이
흐린 두뇌 탓만 하는지

술이란

현기증이나 매운 술을 마셨다
두뇌가 혼미하고 동작이 무뎌진다

사람이 술을 마셨는지 술이 사람을 마셨는지
천지가 불화살 밭이다
천지가 네모 세모난 꽃밭이다

흔들리는 술잔 위에 얼룩진 모습 떠돌고
북장구 소리 장단 맞추는 꼭두각시들

술이란 무엇이기에
희로애락의 굿판에서도
삶과 죽음의 기로에 서도
광대 아닌 광대더냐

숲 마을

다람쥐가 폴짝 폴짝
꼬리 치켜 신호하고

산들 산들 따라오라
바람은 재촉 하네

맥 풀린 거북이 발길
햇살 퍼져 가쁜 하다

헛웃음

눈은 웃고
가슴은 설움에 넘쳐 흘러 나오는 소리
지친 맘 감추며 바로 세우려는 외침이더냐
머리끝에서 발끝까지 떨리는 설움의 허세더냐
참다 참다 하늘 바라보며 껄껄거리는
눈물 반 삼킨 웃음이 헛웃음이더냐

호랑나비

색안경 쓰고 방향을 잃어가는 호랑나비
뜰 앞에 꽃도 연한 봉오리도 볼 수 없어
갈래 길에서 얼룩진 꽃만 가슴에 품고
눈먼 소경이 되어 길 헤매며 날아가다
안개 자욱한 절벽에서 추락하려는 순간
색안경이 벗겨져 세상이 똑바로 보이기에
두 손으로 두뇌를 잡고
꿈 속을 헤맨 듯 새로 태어난 너
꽃 뜰로 나폴 나폴 내려와
어미 품에 안긴다
꽃밭이 환해져 평화롭다

황혼

오르막 내리막
가시덤불 헤쳐 나온 길

상처 깊어 아물지 않은 딱지가
바람에 흔들려
참나무 한그루 껴안아 본다

서산에 기운 해 잡고
때 늦은 비단옷 차려 입은
허깨비처럼 울고 웃고 소리쳐 본다

후회

아버지 먼 길 떠나신 후
어머니 생전에는
당신의 삶 닮지 않으려고
가슴 한복판에 선을 그어 놓고 앞만 보고 달리다
백발이 성성한 지금에야
설움 설움 얽힌 실타래 풀고 손잡으려 하니
어머니는 먼 곳으로 떠나고
때 늦은 후회하며 아린 가슴으로
깊은 하늘을 본다

작품 해설

김순례 시 「겨울밤의 고독」은 '칼바람이 어둠을 실어다 풀어 놓았다'로 부터 시작된다. 이 한 행의 의미 속에 응축되어 전하는 살이 베일 것 같은 바람 부는 추운 겨울밤 어둠의 장막을 연상하지 않을 수 없다.

칼바람이 어둠을 풀어 놓았다는 시인의 상상력은 사실 개념이나 물리적 인식의 경계를 넘는 독자를 위한 충격적인 발상인 것이다. 집 안 구석구석 사람의 온기는 사라지고 홀로 남은 허전하게 가슴 시려 오는 외로움을 말하고 있다. 창문마다 빗장을 걸어 놓은 이 춥고 어두운 막힌 공간으로부터 탈출하고 싶은 화자의 고통과 크기가 극명하게 드러나고 있다.

'밤은 점점 깊어 가는데/ 빛 잃은 외톨이 검은 파도를 타고/ 얽힌 설움의 꼬리 길어/ 꽉 막힌 가슴 터질 것 같아/ 답답한 세상만사/ 창문 밖으로 던지고 싶다'는 극한의 외로움, 극한의 설움이 겨울밤의 창문을 흔들고 있어 아프다.

지 연 희 | 시인, 수필가

깻잎 엽서

2023년 6월 16일 제 1판 인쇄 발행

지 은 이 | 김순례
펴 낸 이 | 박종래
펴 낸 곳 | 도서출판 명성서림

등록번호 | 301-2014-013
주　　소 | 04552 서울시 중구 삼일대로8길 17 3~4층(충무로 2가)
대표전화 | 02)2277-2800
팩　　스 | 02)2277-8945
이 메 일 | ms8944@chol.com

값 10,000원
ISBN 979-11-92945-43-9